图书在版编目（ＣＩＰ）数据

蕴之词 / 汪少炎著.-- 武汉 ：长江文艺出版社，
2017.12
ISBN 978-7-5702-0087-0

Ⅰ.①蕴… Ⅱ.①汪… Ⅲ.①诗集－中国—当代
Ⅳ.①I227

中国版本图书馆 CIP 数据核字(2017)第 300074 号

责任编辑：沉 河　胡 璇　　　　　　　责任校对：陈 琪
封面设计：云沐水涵　　　　　　　　　　责任印制：邱 莉　　王光兴

出版：　长江出版传媒　　长江文艺出版社
地址：武汉市雄楚大街 268 号　　　　邮编：430070
发行：长江文艺出版社
电话：027—87679360
http://www.cjlap.com
印刷：武汉市首壹印务有限公司

开本：880 毫米×1230 毫米　　　1/32　　印张：4.75　　插页：2 页
版次：2017 年 12 月第 1 版　　　　2017 年 12 月第 1 次印刷

定价：28.00 元

蘊之詞

汪少炎 著

長江出版傳媒　長江文藝出版社

大江东去我来还。

何须桑梓地？

无处不青山。

扎拉图斯特拉言毕，一股激烈的痛苦因告别的临近而袭来，于是，他嚎啕痛哭；谁也不知如何安慰。他于夜间离开他的朋友们，独自远去。

——尼采《扎拉图斯特拉如是说》

汪少炎

毕业于中国政法大学，一个于山水、诗书与
古今之间不倦的行者。

近十几年来，一直在路上。我不但于故乡是游子，于岁月亦是。一边是岁月的流逝，一边是游历山水、读书与做事。眼界因得以开拓，心胸因得以辽阔，情怀因得以展开。一路上观天地山水，见古今人物，自有所思所感。于是将悲欢离合倾注于天地山水、古今人物，赋之于诗词，以回应最初的英雄梦、情意结。所以有《蕴之词》，所以有《梨花禅》。幸甚至哉，歌以咏志。

目录

少年志

这就是你，从一次次劫难里你找到我
检验我，使我的生命骤然疼痛

——王家新《帕斯捷尔纳克》

绍兴鉴湖

破阵子·江山

　　二十年来路上，此身处处天涯。几个相知一场醉，多少乘除变减加。浮沉不足夸。

　　剑气非关雪月，书香岂是风花。要炼铁肩担道义，好引快刀斩乱麻。江山看早霞。

金缕曲

　　孟德枭雄耳！数青梅、风云煮酒，畅论时势。万里狼烟歌与哭，白骨谁闻犬吠。更不减、兴亡生死。碣石东临沧海月，见飞鸥、大梦应醒矣！千里马，蹄声碎。

　　人生似露终憔悴。苦时多、愁肠已直，世名浮累。寂寞豪华皆有我，铃解后如何系。猜得透、古今情意？记得当年年少日，总问人、我果能成事？一转念，笑声起。

金缕曲

　　白也诗无敌。笑人间、王侯大帝，酒徒词客。明月江山作知己，何必红颜苦觅。汗血马、逐风鸣镝。花谢花开浑不管，振衣尘、有泪银河集。天下事，述心迹。

　　鲲鹏展翅风云激。若无人、万千人里，此情谁极。跨海长风千尺瀑，会得温柔霹雳。大青山、衣冠采石。琥珀年华谁可寄，恍然间、绝了诗人笔。长安雨，洛阳笛。

采桑子

未名湖畔千丝柳，万种妖娆。万种妖娆，脉脉斜阳下小桥。

遍寻当日清行处，塔影萧萧。塔影萧萧，月已双成绝代娇。

忆秦娥

　　泉清咽。虬龙日色松青绝。松青绝。徘徊深夜，不忍离别。

　　人生若是昆仑雪，襟怀正好长安月。长安月。唐诗万首，阳关三叠。

满江红·塞上

塞上秋思，秦唐汉、许多人物。霍去病、狩风猎电，匈奴胆裂。苏武牧羊思故国，昭君出塞真豪杰。更张骞、念念返长安，秋心发。

梦为马，越戈壁。任云起，任云灭。对苍茫大野，阳关三叠。羌笛胡笳无尽拍，长河荒漠甘泉月。请驼铃、托梦祁连山，祁连雪。

甘肃玉门关

贺新郎

［用陈同甫韵］

况味如何说？浸沉思、人心宇宙，古来纠葛。任放东风歌儿过，喜得空灵飞雪。大地里、青青又发。依依杨柳霏霏夜，想长安、一脉关山月。真赤子，好萧瑟。

而今不再伤离别。但多情、水穷云起，谁分谁合？最是崎岖前瞻路，耐我少年气骨。趁早越、奇峰不绝。把光阴、铸入铮铮铁。知道术，已分裂！

水龙吟

　　我生谁最相知，远行孤鹤云游子。东南西北，今来古往，姓名空记。无住无迁，无荣无辱，去留何异？况兴亡有道，不随风去，信人世，自如此！

　　奔走繁华巷里，念红尘、阑珊灯意。不须回首，已然回首，佳人何觅？逝者如斯，盈虚如彼，觉来无泪。看江山器宇，轩昂皓月，满天才气。

金缕曲

二十七年去。念人生、紫亡红死，万丝千绪。黑白无常光顾处，转见长安暮雨。晓月起、怜光楚楚。孤独国中谁做主，草还魂、含露青青许。诗相忆，酒相聚。

情浓纸薄如何寓？总不若、邈然云汉，不期而遇。忘却江湖波浪急，以沫相濡得句。记踏雪、骑驴寻趣。陌上春秋行缓缓，花木荫、古色生香语。真霸业，小儿女。

临江仙

一脉濂溪湘水续，春风陶冶千年。赫曦台上念前贤。化成细细雨，万物共欣然。

万卷史书行路远，沿途都入诗篇。大江东去我来还。何须桑梓地，无处不青山。

临江仙

　　透彻长空遥望眼，一江天麓秋枫。霜清无极万山红。登高知我在，飒飒快哉风。

　　涤尽浮尘归大地，不期今古相逢。太华夜碧忽闻钟。月光掩映处，狭路访英雄。

江南结

而蒙面人底马蹄声已远了
这个专以盗梦为活的神窃
他的脸是永远没有皱纹的

——周梦蝶《十月》

杭州西湖白堤

长相思

是苏堤。是白堤。要约烟云未有期。自由山水依。

燕高飞。燕低飞。唤雨呼晴各个宜。椅横人未归。

浣溪沙

一泂歌声三炷香，风吹梵呗入斜阳。白云无事看人忙。

明月清辉如玉洁，人生本色似秋凉。夜深谁寄旧时光。

长相思

寒山禅。灵隐禅。度日原来是度年。千秋不必参。

风一帘。月一帘。谁卷谁舒午夜天。秋虫唱正酣。

浣溪沙

雪到江南分外娇，春青犹在柳眉梢。翩翩白过许多桥。

烛火晨昏从不灭，梵音到处息尘嚣。人生一念蓦然遥。

西湖雷峰塔

梦江南（三篇）

之一

人间好，最好是杭州。

三竺空蒙时带雨，一枝塔影倒无忧。

多少梦曾留。

之二

人间好，最好是姑苏。

雨里钟声烟里树，寒山花叶自荣枯。

桥下月如初。

之三

人间好，最好是长安。

天下相思都在此，千秋红豆遍江南。

夜夜梦秦关。

梦江南（五篇）

之一

浣纱泪，只合落江南。

白露苍苍云逸逸，清风菡萏月嫣然。

一刹忘悲欢。

之二

秦淮月，流影石头城。

浪打青山魂似雪，歌回渡口梦如萍。

何苦恋飘零。

之三

风夜半，念念念从前。

日月山中宜古木，朱张椅上好欢颜。

幸甚在人间。

之四

云夜半，荷叶满心田。

月色登临山顶树，莲华高出水中天。

相见是相怜。

之五

江南好，天赋是朦胧。

山寺清钟人寂寂，沙洲微冷客匆匆。

烟雨蔓延中。

浣溪沙

照影池塘孤鹤亭，题诗题字总难凭。沈家园里独行行。

半壁河山图壮志，一生事业在深情。新荷涵雨倍青青。

浣溪沙

费尽红尘千万痴，回头一笑解脱之。风情最瞩柳丝丝。

窗外芭蕉听落雨，灯前书卷合沉思。重逢闲话说当时。

临江仙

倩倩莲花峰下石，青苔郁郁苍苍。三生吴越寄钱塘。
来今法镜寺，遗落古斜阳。

一别途中都是雨，恰如前约清凉。牧童扣角唱瞿塘。
月偏潮退后，多少桂花香。

采桑子（三篇）

之一

疏疏落落枯荷影，风致萧然。胜过青莲，欲剪烟花西泠边。
清阴一路拾阶上，小小孤山。印在湖弦，留白还添三五船。

之二

参天黛色朦胧显，折柳为环。折柳为环，桥上樱花犹少年。
楼头落日江潮起，折桂为冠。折桂为冠，若个诗人不可怜？

之三

白堤初雪红尘化，紫气晴岚。宝傲风烟，不到断桥不识缘。
扁舟柳下轻轻泊，一片清寒。无限清欢，遗世湖心独看山。

长相思·三潭印月

大孤山。小孤山。大小孤山鹤子眠。梅花落落欢。

月三潭。影三潭。月影三潭了了缘。一生云水间。

长相思·冬雨

风自由。雨自由。风雨江湖夜泊舟。情深不自由。

苏堤留。白堤留。一种烟波几个愁。孤身上小楼。

西湖柳浪闻莺

长相思

柳如烟。雨如烟。想到当时尽惘然。断桥谁个连。

早秋天。晚秋天。放眼好湖邻好山。红尘劫后缘。

临江仙

　　一梦醒来仍梦境，白堤看柳当风。便无烟雨也朦胧。前尘多少事，何况太匆匆。

　　如此这般如此念，白瓷杯底茶红。觅禅禅早已失踪。窗边炉火里，湖上小舟中。

采桑子

　　箫声吴市寻无处，隐隐江湖。隐隐江湖，霸业残留一部书。

　　碧螺春里泖今古，小小姑苏。小小姑苏，思到深时梦也无。

唐多令

　　霸业两相争。吴钩纹理明。若吴娃、字句娉婷。尘世难逢开口笑，只笑我，作无情。

　　黛瓦一层层。粉墙次第临。见悠然、新柳垂青。栉雨沐风深巷里，斑驳了，姑苏城。

长相思

杭州城。姑苏城。谁识人间山水情。吴钩霜雪明。

看流星。看恒星。庭院春深心事平。读书夜有声。

唐多令

三月奈何天。晚风忙里闲。过西湖、新柳嫣然。路转樱花白一片，盛开了，太子湾。

何物是江南。也曾问世间。小桥头、芳草连篇。灰瓦白墙听春雨，少年梦，又如山。

菩萨蛮·姑苏慢

人生难得姑苏慢，层楼上下轻轻叹。可惜在江湖，江湖不自由。

重回唐宋地，再读江南忆。可爱枕边书，小窗看水流。

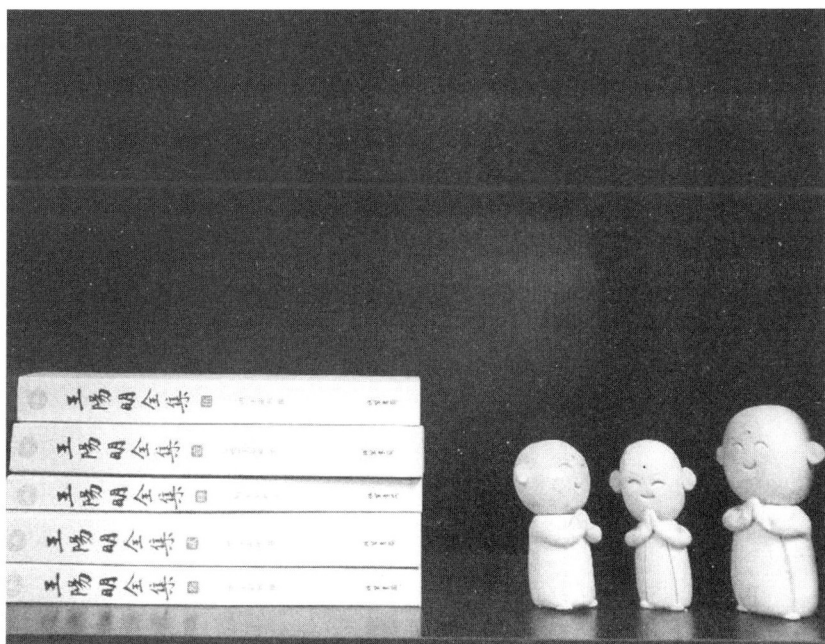

书　房

满江红·江南

洒泪无端，翻然又，笑何圆缺。浑不识，男儿泥淖，女儿冰洁。古道长亭曾折柳，夕阳芳草难为别。想人间，折桂为谁冠，成虚设。

古琴下，收落叶；禅院里，观飞蝶。把金戈铁马，换风换月。苍狗白云身外事，粉墙黛瓦花前歇。这一生，唯有雨知情，江南结。

采桑子

峰南峰北梵音里，香客如云。烟霭纷纷，天竺溪声日夜闻。

飞花飞雨相携去，面向山林。背对红尘，三十年来错用心。

采桑子

夏回春去葱茏里，草木欣然。草木欣然，香沁诗书肺
腑间。

思如雨后山溪水，无限潺潺。无限潺潺，等个人来山
寺前。

梦江南

襟怀里，山水对依依。

天地人生同入寂，钟声心事两纷飞。

夕照美无疑。

一剪梅

蜡烛如花香落炉。爆竹声中，烫酒温书。人间随处可乘除。刹那烟花，谁画谁图。

梦里杭州在玉壶。一片冰心，大小山孤。几分醉意雪飞湖。此岸真如，彼岸真如。

十六字令（四篇）

之一

山。灵气茫茫草木间。情深处，万籁尽庄严。

之二

禅。花影参差月色偏。明明里，香火有人传。

之三

融。春雪无痕化梦中。推窗笑，请进北高峰。

之四

泉。好在青山高处寒。飞流畅，欢喜是回环。

行香子

三竺空灵，烟霭轻屏。看重林、路过人生。小风耳鬓，溪水叮咛。是晨来钟，暮来鼓，夜来灯。

山气清盈，放目前行。对层峦、递进心情。一场春雪，化去无形。又霞儿飞，雨儿霁，月儿晴。

长沙岳麓书院

行香子

春日晴岚，云树新鲜。逸和风、燕子回还。上香道上，禅客流连。乍心如惊，梦如电，影如缘。

忽到中年，初恋人间。眷花开、神态千般。有情万种，飞落超然。寄途中诗，雨中寺，水中天。

临江仙

气息新新生肺腑，感知天地深华。茶园深处有僧家。来人不谈法，只是请吃茶。

饮到从前归一醉，有唐有宋堪狎。西窗谁与剪灯花？乱山听雨夜，残梦罩青纱。

行香子

天竺溪春，野草氤氲。历千秋、仍是初心。月升日落，今夜星辰。放一生情，一生事，一生鼙。

大地精魂，绝顶行云。路长长、旧梦无闻。石顽玉美，可尽痴人。正万般空，万般色，万般真。

行香子

记忆嘉嘉，脉脉游霞。想当年、一悔无涯。烟笼寒水，月罩轻纱。若旧时情，旧时路，旧时花。

朴实沉华，落落深嗟。过来人、大浪淘沙。一生行走，四海无家。又崭新天，崭新叶，崭新芽。

行香子

　　静静停云，驿动冰心。等风来、继续追寻。月魂日魄，水切山亲。恰悲中欢，史中剑，眼中人。

　　诗意纷纷，一路芸芸。问双眸、十面皆春。葬花有地，觅佛无门。溯胸中河，血中铁，梦中林。

行香子

　　淡淡初春，慢慢黄昏。好迷离、草际烟魂。立桥落影，旧日山村。看灯如星，路如愿，夜如门。

　　渐渐情深，默默无闻。任心空、一味浮沉。是何道理，悲喜难分？要思成灰，念成海，笑成云。

行香子

出入人间，不免悲欢。到头来、都作翩翩。广陵散绝，
难了难全。但观情云，听情海，过情关。

咫尺西天，一派机缘。白堤来、新绿田田。断桥梦雪，
荷水清廉。共心光明，日光慧，月光安。

行香子

心外何心，身外何身。大山中、岁月深沉。晚钟惊梦，鸣鸟还魂。见花方开，树方老，雨方新。

走过红尘，缘结无垠。渐风中、垂柳成荫。絮飞弥岸，桥月弯云。问何时重，此时路，彼时人。

行香子

　　行走无边，别后何言。但神游、常自流连。芸芸世上，执手最难。问我之心，我之地，我之天。

　　契阔人间，未了尘缘。说相逢、好似闲谈。十年春色，梦老江南。记那时风，那时笑，那时山。

行香子

　　柳眼欣然，柳叶千千。柳青青、柳到眉边。柳桥小立，柳影垂怜。柳庭深深，院深静，意深眠。

　　旧事留言，旧日陈缘。旧人心、旧约江南。旧情似水，旧梦如山。旧花间词，草间雪，露间禅。

行香子

　　春意无边，万籁嫣然。揽湖光、清暖清寒。绿新似醉，人故如山。化雨之魂，水之蕴，柳之烟。

　　何住何迁，谁往谁还。历轮回、绝顶深渊。过来如此，过去般般。是天之旋，地之转，月之圆。

行香子

雨罢楼头，风自川流。好安排、宇宙自由。白云淡泊，老树清修。纵三生因，三生果，三生游。

转念回眸，喜极如愁。恰擦肩、画舫轻舟。春山棱角，尽是温柔。那一双堤，一双塔，一双鸥。

行香子

踏古寻今，一段青春。落姑苏、桥畔沉吟。更无梦处，西子殷殷。谢小孤山，大孤山，伴孤身。

剑祖痴人，吴越琴魂。把锋芒、敛入寸心。意遥情近，花浅林深。送渡江风，渡江雨，渡江云。

行香子

　　夜雨春深，寂寞超群。老于情、难合难分。一方一寸，都是乾坤。悟镜中花，水中月，意中人。

　　梦到大秦，回到玉门。与黄河、呜咽行云。一生冰雪，积满昆仑。映天之青，日之魄，月之魂。

梦江南

三界里，生死两慈悲。

树色草光神奕奕，钟声佛火雨迷迷。

倚殿白鸽飞。

浣溪沙

意想时光可倒流，杏花影里少年游。无声看雨下檐头。

河畔忽然桑椹熟，田间水鸟叫声悠。满塘菱角荡轻舟。

潇湘情

风尘和忧郁磨折我底眉发
我猛扣着额角。想着
这是十月。所有美好的都已美好过了

——周梦蝶《十月》

长沙岳麓书院

唐多令

风晚动清凉。明明白月光。近来秋、立遍潇湘。二水
七山田一片，都赠与，后人忙。

《鹏鸟赋》心伤。《离骚》悲未央。算多年、无数篇章。
枉费诗人磨笔墨，诚不若，尽情狂。

唐多令

心境已清凉。念枫枫正香。揽青山、临水轩窗。鱼跃鸢飞谁有意，云可可，野茫茫。

寂寞好时光。情和路共长。落花前、洒满斜阳。好像而今回上古，相遇我，问天荒。

南乡子

　　思念若蒹葭。淡抹山光轻抹纱。盼倩人间摇曳处，风华。涉水飞来梦寐花。

　　独自夜烹茶。草木偏生南国嘉。一片冰心相许意，无瑕。秋雨芙蓉秋月牙。

南乡子

　　生智有无涯？河伯回音海是家。好笑从前千万种，呱呱。一片稻田多少蛙。

　　收尽晚烟霞。鸟宿池塘老树丫。归去山人敲月下，吱呀。古庙门开自在花。

长沙岳麓书院

梦江南·长沙（八篇）

之一

长沙好，水数白沙甜。

人去人来人岁岁，月升月落月年年。

老鹤梦清闲。

之二

长沙好，山到麓峰巅。

放眼高楼林立立，回头银杏叶谦谦。

问道道何言？

之三

长沙好，书院最恬然。

天下才华深缱绻，林间碑刻每流连。

忘了已千年。

之四

长沙好，庙宇映天蓝。
功罪千秋谁做主，是非一瞬过云烟。
自有洗心禅。

之五

长沙好，枫叶太缠绵。
日落千山红胜火，秋来一片白云天。
只想唱阳关。

之六

长沙好，市井也相关。
万世太平开拓去，一杯清酒梦回环。
深夜贾生谈。

之七

长沙好，知己是江山。
橘子洲头雄霸气，香樟树下女儿翩。
指点往来船。

之八

长沙好，辣子泼新鲜。
无尽江流忧乐里，几多故事在城南。
天下敢为先。

临江仙

　　伫立思来天地接，浪花击岸声声。沙洲默契故人情。湖湘多少事，屈贾意难平。

　　子美题诗神鬼泣，满江雨起风生。去留无意只知行。会当凌绝顶，一览众山青。

唐多令

　　谁系独行舟。登高更远游。眼底来、无尽江流。吊古凭今皆不是，人只是，一轮秋。

　　枫叶下温柔。湖山蕴小楼。雨梦中、长满青愁。万籁有情都不寐，听桂子，落心头。

长沙岳麓山爱晚亭

浣溪沙

不到潇湘岂有诗，月圆月缺总相思。江山助我一挥之。

春雪春山斑竹泪，秋风秋雨贾生祠。常常无梦夜深时。

唐多令·潇湘（十四篇）

之一

糟粕圣贤观。唯心不等闲。叹茫茫、傀儡悲欢。驹隙任添新岁月，将蔓草，付荒烟。

相赏画中山。村居闲闭关。对人情、懒问青天。望帝春心千里远，洞箫恨，笔难传。

之二

几道路弯弯。村庄落落闲。柳池塘、梯上云烟。稻子低头何甸甸，藕花落，月田田。

沧海亦桑田。应当如是观。自相知、流水高山。历罢崎岖心不老，深夜里，读阿瞒。

之三

山气倍精神。山空识鸟音。咏楚辞、病了而今。唯草木兮零落早，想迟暮，恐美人。

经卷伴孤身。苍茫日月新。慨书生、襟抱无垠。成败一挥筹运笔，江湖老，作诗人。

之四

四面楚歌围。终将无字碑。夜深深、夸父谁追。尘世难逢开口笑，天可悯，人可悲。

痛彻旧心扉。故乡已久违。念今生、似是还非。何必万缘俱寂后，偏思绮，绕云飞。

之五

别梦五千年。依稀咒逝川。数英雄、历尽平凡。家国情怀何处觅，登五岳，上三山。

青史照无眠。春秋一浩然。夜知灯、心凛如寒。慷慨犹存纵横志，天下事，敢为先。

之六

南国木嘉嘉。女儿全胜花。那年心、白玉无瑕。丽日晴空携手看，香樟树，喜出芽。

湖静画桃华。麓山石径斜。远尘嚣、尘味薄纱。春事难分难解处，大江岸，小杯茶。

之七

坐看万山青。古今游子行。每登临、慷慨难平。烟外暮钟来远寺，如相问，玉壶冰。

唯楚有才名。于斯为盛情。纳藏之、七尺六经。大泽深山龙虎气，都化作，读书声。

之八

放下这般情。生涯棋一枰。再归来、韶岳葱灵。别有洞天深处隐，龙头岭，虎歇坪。

悦耳众蝉鸣。数峰八面青。问知音、何地飘零。荷意田田还密密，斜照里，看蜻蜓。

之九

独夜不平鸣。寸心自作声。说相思、一别三生。月影竹林风过去，空香逐，百遍行。

大雅已凋零。佛仙两未成。到头来、无用书生。且把诗词焚却了，无字处，最深情。

之十

成败论英雄。是非到了空。负虞姬、铁甲重瞳。楚笛声中分别意，谁与我，唱大风。

诸子百家中。老庄情致浓。笑红尘、何故匆匆。笔墨会心谁得以，北海象，右军龙。

之十一

初日照高林。禅房花木深。三百篇、一一传神。今我忽然逢昔我，离骚志，九歌心。

儿女共沾巾。天涯若比邻。看十方、比比游人。天下兴亡匹夫事，山为魄，水为魂。

之十二

巷陌自寻常。悠然岁月长。太平年、鱼米琳琅。坡子街头熙攘攘，火宫殿，豆腐香。

冷雨打潇湘。他乡作故乡。误尘缘、儿女情伤。满纸荒唐谁可语，都作了，嫁衣裳。

之十三

日月出湘江。悲欢两未央。是非深、情债难偿。浪子边城冬夜雨，石阶老，斑驳墙。

一院倚书香。挥毫任抑扬。又长沙、屈贾之乡。橘子洲头天可问，地可问，问苍茫。

之十四

紫气郁成烟。东来函谷关。想当时、雨打长安。年少不知尘世苦，争一晌，苦贪欢。

四海五湖间。而今落落还。若个情、不老江南。溪水淙淙林脉脉，梦中梦，天外天。

游牧人

就醒来，读书，写长长的信，
在林荫路上不停地
徘徊，落叶纷飞。

——里尔克《秋日》

乌拉特草原

小重山

［用岳武穆韵］

一片夏蛙深夜鸣。少年如梦境，三五更。绕湖缓缓复行行。山寂寂，鱼跳月儿明。

世上利和名。近来风雨急，倍兼程。相思都在马头琴。游子意，激越有谁听。

永遇乐

我辈无能，忘情情重，难别难见。何地何年，何缘得遇，月榭携云眷。千花万树，七星北斗，谁在玉河天汉。倚明窗、看红烛泪，独自酒醒长叹。

三潭细雨，一条雾链，宝刹迷离望眼。柳映莲华，茶温桂子，袅袅思无限。尽挥湖笔，写穿端砚，也是寻常聚散。又江上、一般风月，潮来万箭。

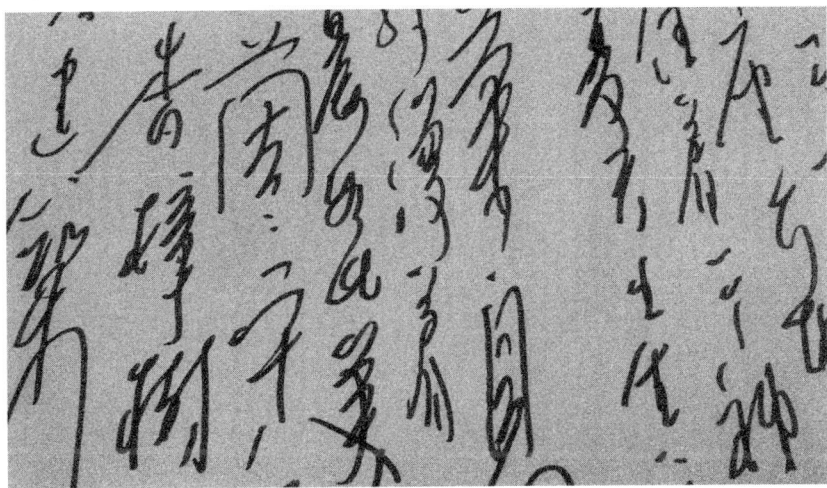

作者手书诗歌草稿

诉衷情

　　杏花春雨白人头，一片落如秋。醉翁若问山水，山水最风流。

　　花看尽，月无愁，更云游。此情谁道，才下层楼，又上层楼。

北京潭柘寺

渡江云

　　佛前灯不灭，茶芽相慰，日日见青山。那时琵琶语，此际重温，百感涣心田。余生谁识，银杏树、落叶千年。剪不断、尘缘似水，北国与江南。

　　连环。何时得解？月缺魂圆，念旧游忽远。梦醒后，孤灯独对，坐拥从前。几多妩媚空余叹，万般事、一缕青烟。都逝去，晓风晓露人间。

高阳台

　　游牧人生，偶然相遇，如烟如雨如侬。一顾千秋，回头落叶惊鸿。卅年光景凭空度，蓦然醒、何处晨钟？眼睁睁、蜡炬成灰，今古朦胧。

　　寒林又见平湖影，自无端俯仰，久立风中。寂寞沙洲，怅望江水匆匆。禅寺无语群山静，等个人、和泪相拥。殿堂空，斑竹依依，斜照玲珑。

西湖柳浪闻莺

高阳台

约会江南，等来烟雨，茶凉不觉黄昏。枯坐当窗，思绪如蝶缤纷。一百年后人何在，问我心、一片行云。说当年、纤手红颜，旧梦常新。

灵泉再续情如沸，对玻璃像影，灯起晴雯。提笔沉思，落笔一气千寻。每从别日相思积，万仞山、再见无垠。想凭栏，小月依然，悄悄登临。

高阳台

　　春日多情，满墙碧绿，一帘明媚山光。溪鸟喧林，声声回应长江。换景移步行歌里，遍花开、天下清香。莫停留、无限人生，正在前方。

　　踌躇时节曾经事，尽悲销愁散，留得清狂。唯爱昆仑，不羁不倚茫茫。终年积雪终年梦，过眼云、洁白还乡。有莲花，代我婵娟，与月徜徉。

画堂春

时晴时雨到而今，白堤难破红尘。露光蝉翼湿人心，一晌青春。

市井繁华如故，山林几度黄昏。上香古道月牙新，不断销魂。

画堂春

　　人间事事怕回头，抽刀断水还流。几番离合几番秋，
落日登楼。

　　年少放歌纵酒，近来一味温柔。渐行渐远渐无忧，爱
上蜉蝣。

如梦令

　　山下河流远别，马上琴声呜咽。转忆夏花开，一曲一城一阙。弯绝。弯绝。雨后一钩新月。

采桑子

梅风荷雨轮流去，多少春秋。涌上心头，夜夜人间秉烛游。

那年眸动谁提起，声断箜篌。宝剑难留，思到深时欲刻舟。

长相思

单相思。双相思。暮雨朝云片片痴。韶华落几枝。

侬不知。我不知。姹紫嫣红白发时。春眠爱月迟。

浣溪沙

尘世云空未必空，频频落叶自从容。心情总似不相逢。

十地八方行色里，悲欢喜怒古今中。一生常被月朦胧。

长相思·喀纳斯

酒意萦。琴意萦。跨马归来心事青。短歌难为情。

数星星。笑星星。残雪高山月倍明。银河浅浅清。

浣溪沙

四十年来在梦乡，山分水合枉思量。无瑕心事与谁香。

古道疾风知劲草，大江叠雪卷斜阳。世间无物比情凉。

采桑子

　　十方三世如何念，春也花开。秋也花开，多少人生归去来。

　　禅心正是天山雪，冬也皑皑。夏也皑皑，明月无心直入怀。

菩萨蛮

　　谁能头白相思绝，龙城飞将魂如雪。冷月皓关山，长行人未还。

　　江南总是错，一念梅花落。北国正云游，双眸似水流。

临江仙

别后相思空一水，桥边亭畔花开。夜深听雨滴情怀。掩书余味淡，欹枕旧游来。

回首三生顽石在，那时钟爱徘徊。高悬明月任人猜。信中无所寄，只是满青苔。

菩萨蛮

忘川多少前人泪，谁知都是江河水。庄子是条鱼，不空亦不虚。

遨游天与地，自得洪荒意。快走踏清秋，清秋最自由。

一剪梅

落叶钟声两可怜。飞在深山，逝在深山。深秋深蕴雨深涵。一片茫然，多少华年。

辗转人生梦呓间。悲到无边，欢到无边。相思天下向谁还。不向江南，便向长安。

一剪梅

　　雨到江南都作烟。蔓蔓延延，日夜阑珊。梅花钟意等深寒。石径弯弯，翠竹竿竿。

　　错落行来有致还。湿了衣衫，透了心田。紫铜炉底卧香檀。身后身前，尽是惘然。

杭州钱王祠

行香子

　　索性孤身，一味行吟。惠风中、步出杉林。这山这水，花样粼粼。致月中仙，月中桂，月中云。

　　日日常新，原本无心。若为情、欲问知音。一天一地，一世一人。却怕情多，怕情浅，怕情深。

上海汾阳路

唐多令

今我已无愁。笑中得自由。一阶阶、尽作石头。七百年来山顶立，银杏落，不须收。

常自念沙洲。枫林雨后秋。揽晴新、万籁遨游。人世几回伤往事，山依旧，枕江流。

唐多令

别后路茫茫。挂牵岁月长。像兰亭、曲水流觞。莫道人生都是梦，真是梦，也无妨。

一会一思量。深深两目光。又何言、南北云翔。昨日斜阳千里外，还执手，绕荷塘。

浣溪沙

欲话因缘恐断肠，醒来问我在何方。身前身后事茫茫。

月色春花千万落，夜空秋水一般凉。蒹葭何苦又苍苍。

杭州西湖

浣溪沙

等到梨花白了头，依然难遣旧春愁。回眸误识小扁舟。

翠迭峦重收落日，风纹月影放云游。哪知身世正悠悠。

阮郎归

　　为谁太息为谁珍。为谁传此神。小楼日影画轻阴。桂花庭院深。

　　无限事，最初心。风尘仆仆寻。一生难舍亦难分。与天同比真。

浣溪沙

水样欢欣山样愁，江南况味在杭州。一身烟雨渡春秋。

桂子风中香透彻，清明茶里碧何尤。英雄墓上月如勾。

唐多令

情近怯早凋。情知咫尺遥。对苍天、心意寥寥。深夜深山秋雨后，共谁倚，尺八箫。

不必涤尘嚣。重来踏石桥。桂子幽、云外香飘。一世情怀何所似，沧海日，浙江潮。

成都锦里

唐多令

旧梦已无欢。秋新淡欲烟。对轩窗、深夜初寒。念我一生都是错，说不尽，雨潺潺。

打竹意幽然。声声都可怜。想伯牙、断了琴弦。灯下沉思还掩卷，要提笔，又忘言。

浣溪沙

散步清凉十月天，溪山交响夜如烟。桂花满地与谁怜？

彻骨芬芳新雨后，萧然气度老杉前。一灯一舍一人间。

采桑子

年来四十红尘路，毁也糊涂。誉也糊涂，若个聪明泛五湖。

雷声惊破英雄梦，一卷史书。一卷诗书，一任人生乘与除。

浣溪沙

一念灰飞一念来，江湖烟灭影回怀。无边风景四时栽。

我是多情山水客，心花夜夜为谁开。月明天下独徘徊。

一剪梅

古玉兰花旧有闻，岁末登临，柏冷茶温。院名清水照真身，不见三生，却见风云。

我本红尘局外人，动静同观，迁住无心。一株银杏蠹根深，已了千秋，又了千春。

北京西山大觉寺

浣溪沙

莲在淤泥云在途，江湖无计可消愁。一声长啸月登楼。

天意从来高几许，星辰入手水东流。人生只合梦中游。

唐多令（两篇）

之一

吾知也无涯。吾生也有涯。看庄周、游戏百家。
万里鲲鹏无去处，秋思又，落谁家？

一念即兼葭。临风全胜花。访青山、古墓栖霞。
门对浙江朝海岳，沏虎水，饮龙茶。

之二

归看浙江潮。钱王箭气豪。信年年、赴约迢迢。
惭愧情人远相访，南山夜，雨陶陶。

真话数渔樵。难寻尺八箫。意如何、跨鹤飞高。
案上稼轩长短句，小杯饮，大红袍。